अच्छे बच्चे कितने सच्चे

अच्छे बच्चे
कितने सच्चे

डॉ. श्याम सिंह 'शशि'

ज्ञानदीप प्रकाशन
दिल्ली-110030

ISBN : 978-81-88995-49-3

मूल्य : 300.00

प्रथम संस्करण : 2021

प्रकाशक : ज्ञानदीप प्रकाशन
3/689, महरौली, नई दिल्ली-110030

शब्द-संयोजक : गुप्ता कम्युनिकेशन
शाहदरा, दिल्ली-110032

मुद्रक : मणिपाल टेक्नॉलजीस् लिमिटेड, भारत

ACCHE BACCHE KITNE SACCHE *by* Dr. Shyam Singh 'Shashi'

पुरानी बात

एक विद्वान बोले—आजकल बच्चों को यदि धर्म-कर्म की बात कहीं जाए तो वे खिल्ली उड़ाने लगते हैं। अच्छी बातों को कैसे उनके मानसपटल तक पहुंचाया जाए? यह एक ऐसी समस्या है जिसका निराकरण उनके लिए रोचक साहित्य तैयार करके ही हो सकता है।

और उस दिन इस चुनौती को भी स्वीकारा था मैंने। स्वामी दयानंदकृत 'व्यवहारभानु' में 8-9 दशक पुरानी हिंदी है जो न केवल बच्चों के लिए बल्कि बड़ों के लिए भी कठिन लगती है। वास्तव में इस पुस्तिका को बाल साहित्यकारों से बहुत पहले से लिखवाना चाहिए था।.... पुस्तक आपके हाथ में है। बाल मनोवैज्ञानिक पद्धति। नए संदर्भ। रोचक रूप में....।

बात तो पुरानी है। किंतु मैंने उसे नए रूप में देने का

प्रयास किया है। स्वर्गीय संन्यासी पूज्य आनंद स्वामी जी, लाला रामगोपाल शाल वाले, प. क्षितीश वेदालंकार, पं. सत्यपाल शास्त्री वेद शिरोमणि आदि का सहयोग उल्लेखनीय है। सभी का हार्दिक आभार।

–श्याम सिंह 'शशि'

विषय-सूची

मेहनत की रोटी

गायत्री गणित पढ़ने के मूड़ में नहीं थी। कोर्स की किताबें तो जैसे उसकी दुश्मन ही थीं। वह किसी से 'चंदा मामा' मांग कर लाई और उसे पढ़ने में सब कुछ भूल गई। 'चंदा मामा' जब तक खत्म हो कि वेद उसे 'माया देश की कहानियां' दे गया। वास्तव में कहानी की किताबें उसे जान से भी प्यारी लगती थीं।

आज समाज मंदिर में एक महात्मा जी पधारे हैं। रात के आठ बजे से उनकी कथा शुरू होनी है। मोहल्ले के स्त्री-पुरुष एकत्र हो गए। बच्चों ने पहले से ही धमाचौकड़ी जमा रखी है। वे वानरों की तरह कभी झगड़ पड़ते तो फिर बात की बात में गुत्थमगुत्था हो जाते।

वेद के पिता आफिस से जल्दी लौट आए थे। आज उन्होंने सारे परिवार को कथा में ले जाना था।

"लेकिन, गायत्री ने खाना भी नहीं खाया। दुष्ट कहीं की, माया देश के चक्कर में पड़ी है।" मां ने शिकायत की।

"हां-हां, यह बड़ी दुष्ट है। घंटाभर हो गया, मेरी 'माया देश' वापिस नहीं करती।" वेद अकड़कर बोला।

एक से बढ़कर एक। मां वेद के कान खींचने लगी, "शरारती कहीं का। गंदी-गंदी किताबें लाकर देता है इसे।" मां कहे जा रही थी।

पिताजी ने कहा, "रमा, तुम जाकर तैयार हो लो। मैं इनकी खबर खुद लेता हूं।"

मां गई कि दोनों बच्चे पिता के कंधे पर लिपट गए। "पिताजी, मां तो यों ही हमें डांटती है। आप कितने अच्छे हैं। आप तो हमें उपनिषदों की कहानियां लाकर देते हैं। महात्मा जी ने भी उस दिन नई कहानियां सुनाई थीं। फिर पता नहीं मां को यह सब क्यों बुरा लगता है।" दोनों बच्चे

अपनी-अपनी कहे जा रहे थे। गायत्री ने देखा, पिताजी के हाथ में एक ओर पुस्तक है। वह उसे लेकर ही मानी। उसमें पहले पृष्ठ पर शेखचिल्ली की कहानी थी। 'शेख चिल्ली की कहानी' वह खुशी से चिल्ला उठी। वेद ने कहा, "अरे, जल्दी सुनाओ न। पिताजी सचमुच बड़े अच्छे हैं!"

"मां गंदी है।" गायत्री ने मुंह बनाया। उसने जोर-जोर से पढ़ना शुरू किया-

"एक था शेखचिल्ली। गांव का बुद्धू। पूरा गप्पो और काम करने में जीरो।"

"बिल्कुल जीरो।" वेद ठहाका मारकर हंसा।

पिता ने कहा, "भई, पहले पूरी कहानी तो सुन लो। बीच-बीच में मत टोको। बाद के लिए भी तो कुछ हंसी संभाल कर रखो।"

गायत्री फिर पढ़ने लगी-

"एक दुकानदार ने घी खरीदा था। घड़ा ऊपर तक भरा था। शेखचिल्ली रास्ते में मिल गया। दुकानदार ने उसे ले चलने के लिए कहा। मजूरी तय हुई केवल पचास पैसे।"

"दुकानदार ने हिसाब लगाया। सौ रुपए के घी के सवा सौ बनाऊंगा। कुछ डालडा मिल गया तो पूरे डेढ़ सौ हो जाएंगे। यों उधार के सौ रुपए वापिस कर दूंगा। दस चक्कर में पूरे पांच सौ कमा लूंगा। इस तरह से एक दिन मेरे पास कई कोठियां होंगी। कारें होंगी और सब सुख सुविधाएं होंगी।"

"शेखचिल्ली के दिमाग में भी एक बात आई। वह पचास पैसे की रुई खरीदेगा। उसका सूत कात कर बेचेगा तो एक रुपया मिलेगा। इस तरह कई रुपए बन जाएंगे। फिर उनकी एक बकरी लेगा। उसके जब कई बच्चे हो जाएंगे तो फिर उन्हें बेचकर एक गाय लेगा। जब उसके

कई बच्चे हो जाएंगे तो उन्हें भी बेच देगा और एक भैंस लेगा। वह जब बिया करेगी तो फिर उसके कटड़ों को बेच देगा और एक सूंड वाली हथिनी लेगा। वह उसके बच्चों को भी बेच देगा तो दो बीवियां लाएगा। उनके नाम होंगे 'प्यारी' और 'बेप्यारी'। वह प्यारी के बच्चों को बड़े प्यार से गोद में बिठाएगा। लेकिन जब बेप्यारी के बच्चे आएंगे तो अकड़कर कहेगा—भाग जाओ, दुष्टो, तुम मेरी गोद में बैठनेलायक नहीं हो।

"यह कहकर उसने अपने पैरों को धरती पर पटका ही था कि घी का घड़ा धड़ाम से नीचे गिर गया। घी रेत में बह रहा था और पीछे खड़ा दुकानदार अपना सिर धुन रहा था।"

"बड़ा बुरा हुआ। बेचारे के बीवी-बच्चे सब उजड़ गए।" वेद ने चुटकी ली।

गायत्री खूब जोर से खिलखिलाई।

पिता ने कहा, "कैसी लगी कहानी?" वेद, तुम क्या समझे?"

"बिना मेहनत के रोटी खाने का यही नतीजा होता है पिताजी।" वेद ने चट से जवाब दिया।

"और बिना मेहतन के कोर्स की किताबें भी याद नहीं होतीं। आया समझ में?" पिता ने मुस्कराते हुए कहा।

गायत्री ने हाथ से 'माया देश की कहानियां' अपने आप गिर पड़ी।

रमा तैयार होकर आ गई थी। दोनों बच्चे अपने माता-पिता के साथ मंदिर की ओर चल पड़े।

हुड़दंगा गुरु के घर में

महात्मा जी की कथा शुरू हो गई थी। उन्होंने ब्रह्मचर्य की महिमा बताई थी। विद्या और अविद्या पर प्रकाश डाला था। विद्या प्राप्ति के उपाय बताए थे। गुरु-शिष्य के संबंधों पर भी कुछ बोले थे। विद्यार्थी को सुशील, सत्यवादी, परिश्रमी, जितेन्द्रिय होना चाहिए। आलस से बड़ा कोई शत्रु नहीं होता। लड़ाई-झगड़ा, चोरी, चुगली से अच्छे बच्चे हमेशा दूर रहते हैं। शरीफ बनकर ही देश और समाज की रक्षा की जा सकती है।

वेद और गायत्री के कानों में लाउडस्पीकर की आवाज आ रही थी। महात्माजी ने एक बच्चे को बड़े प्यार से बुलाया। वे बोले-

"रवि, तुम्हें कहानी अच्छी लगती है न! हमारे पास कई बड़ी चटपटी कहानियां हैं।"

रवि कुछ कहता कि सामने दरी पर बैठे कई बच्चे जोर से बोल उठे–

"हमें भी कहानी अच्छी लगती है। हम जरूर कहानी सुनेंगे। जल्दी करो महात्मा जी।"

वेद और गायत्री अभी कुछ दूरी पर थे। दोनों ने अपने पिता से हाथ छुड़ा लिया और तेजी से झपटकर महात्मा जी के सामने बैठ गए।

"अच्छा बच्चो, हम आज एक नहीं दो कहानियां सुनाएंगे। पहले हुड़दंगे की और फिर नंगे की।" महात्मा जी ने बच्चों की ओर इशारा किया। सब बच्चे ललचाई आंखों से उन्हें देखने लगे।

"एक था हुड़दंगा। वह कहा करता था–जो पढ़ता है, वह भी मरता है। जो नहीं पढ़ता, वह भी मरता है। फिर दांत कटकटाने से क्या फायदा। लेटे रहो। मजे करो।"

"बच्चे उसकी हां में हां मिलाते। स्कूल न जाकर

उसके साथ खेलने लगते।"

"कुछ उसे देखकर हंसते और अपने स्कूल की तरफ चल पड़ते।"

"एक दिन वह अपने चेले-चांटों को उपदेश दे रहा था। एक अध्यापक ने देख लिया।"

"क्यों रे हुड़दंगे, इन लड़कों को क्यों खराब कर रहा है। शर्म नहीं आती तुझे! न खुद पढ़ना और न दूसरों को पढ़ने देना।—मास्टर जी जरा गुस्स में बोले।"

"हुड़दंगा चुप रहने वाला नहीं था। वह तुरंत बोला—मास्टर जी, आप ही बताएं। इतना पढ़-लिखकर आपको क्या मिलता है? आपसे ज्यादा तो सिनेमाघर का गेटकीपर कमा लेता है। और तो और, चपरासी की तनख्वाह भी आपसे ज्यादा है।"

अध्यापक ने गंभीर स्वर में कहा—

"हुड़दंगे, कमाई कई तरह की होती है। डाकू और

लुटेरे जो धन लूटते हैं, उसे वे भी कमाई ही कहते हैं। ईमानदारी के साथ कमाई एक सूखी रोटी कहीं ज्यादा संतोष दे सकती है। और फिर पैसा ही तो सब कुछ नहीं है। तुम्हें पता है, उस दिन उसी गेटकीपर को पुलिस पकड़ कर ले गई थी। उसने किसी भद्र महिला की जंजीर पर हाथ मारा था। बड़ी मुश्किल से जान बची बच्चू की। मैं तुम्हारी जिंदगी खराब तो नहीं करता। तुम्हें अच्छा आदमी बनाना चाहता हूं।"

"हुड़दंगा नहीं माना। पिता ने समझाया। मां गुस्सा हुई। रिश्तेदारों ने शिक्षा दी। लेकिन उसके सिर पर तो भूत सवार हो गया था। वह नहीं माना और एक दिन जेब काटता हुआ पकड़ा गया। जेल हुई। सबका साथ छूट गया।"

गायत्री और वेद कुछ सोचने लगे थे। महात्मा जी फिर बोले–

"अरे एक था नंगा। कपड़ों से नहीं अक्ल से नंगा। उसका असली नाम था भूपालदास। वह चेला था रामदास का। वह एक संस्कृत का पाठ याद कर रहा था–श्री गनेशाय नमः। श्री गनेशाय नमः। उधर से एक पंडित जी आ गए। उन्होंने कहा–भाई, गलत क्यों बोलते हो। ऐसे बोलो–

श्री गणेशाय नमः। श्री गणेशाय नमः।

"वाह पंडित जी, मेरे गुरु ने ऐसे ही पढ़ाया है। वे सच्चे हैं या तुम?"

"पंडित जी ने उसके गुरु से मिलना चाहा। दोनों महंत जी के पास पहुंचे। पंडित जी बोले, आप कितने प्रकार के पाठ जानते हैं महंत जी?"

"तीन ही तो हैं और क्या। सुनो! स्त्री गनेसाजनम, स्त्री गनेसाय नम। स्त्री गनेसायनम।"

"पंडित जी हंसने लगे–महंत जी, पांच अशुद्धियां

हैं—स, न, सा, ज, न। पाठ ठीक यों है—श्री गणेशाय नमः।"

"महंत अपनी गलती क्यों मानता? वह झट से बोला—चट रे बम्मन, गुरु के बड़े घर में सब सुद्ध है।"

महात्मा जी की आखिर इस बात पर बच्चा-बूढ़ा कोई भी अपनी हंसी नहीं रोक सका।

हिरन के पांव में चक्की

लाल बुझक्कड़ बूझिया, और न बूझां कोय।
पग में चक्की बांध के, हिरना कूदा होय।

अगले दिन पिक्चर का प्रोग्राम था। बच्चे खुश थे। पास ही कम्युनिटी हाल में फिल्म दिखाई जाने वाली थी। लेकिन लाला की दुकान से माइक की आवाज आ रही थी। लाल बुझक्कड़ नाम बच्चों के लिए बड़ा चटपटा था। हां, पिक्चर से भी ज्यादा। माइक पर शायद कोई वानप्रस्थी बोल रहे थे।

बच्चों की टोलियां आधी-आधी बंट गईं। दुकान के सामने दरियां बिछी थीं। कालोनी के अनेक स्त्री-पुरुष जमा हो गए थे। पिक्चर जाने वाले बच्चे भी शामिल हो गए थे। वेद और गायत्री तो पिक्चर जैसे भूल ही गए थे। वे आज सबसे पहले आकर बैठ गए थे।

वानप्रस्थी जी ने एक कहानी शुरू की-

बालक और बालिकाओ–

"हिंदुस्तान गांवों का देश है, जहां अशिक्षा और गरीबी अधिक है। आज भी बहुत-से गांवों में लोग जादू-टोने के चक्कर में रहते हैं। पहाड़ों में तो इसके बिना जैसे कोई काम ही नहीं होता।"

"ऐसे ही एक गांव का किस्सा है। बड़ा पिछड़ा गांव था। वहां लाल बुझक्कड़ नाम का एक ओझा रहता था। कोई बीमार हो जाता तो लाल बुझक्कड़ को बुलाया जाता। किसी की शादी हो तो पहले उसकी बूझ होती। किसी के यहां चोरी हो जाती तो उसी से पूछ ली जाती।"

"एक रात कोई हाथी उस गांव के पास से गुजरा। उसके पांव के निशान देखकर सब लोग हैरान होने लगे। कोई कुछ कहता तो कोई कुछ। आखिर सब ओझा के पास गए। वह पहले रोया और फिर हंसा। मुखिया ने उसके रोने और हंसने का कारण पूछा।"

वह बोला—मैं जब मर जाऊंगा तो ऐसी बातों का उत्तर कौन देगा! मेरे रोने का कारण यही था और हंसी इसलिए आई कि इसका उत्तर बड़ा आसान है। सुनो—

पग में चक्की

बांध के हिरना कूदा होय।

"भाई यह किसी आदमी का पांव नहीं हो सकता। कोई हिरन अपने पांव में चक्की बांध कर कूदा होगा।—यह सुनकर सब गांव वाले वाह-वाह करने लगे। कुछ उसके चरण छूने को चले।"

इधर सभा में बैठे लोगों की हंसी भी न रूक सकी।

वेद बोला, "अजीब बुद्धू था लाल बुझक्कड़।"

गायत्री बोली, "अरे, उससे भी ज्यादा बुद्धू थे गांव वाले। मूर्खों को इतना भी पता नहीं कि हिरन कहीं पैरों में चक्की बांधकर कूद सकता है?"

वानप्रस्थ जी फिर कथा को जोड़ते हुए बोले, "एक दिन

एक बच्चा अपने घर में खड़ा था। उसने अपने हाथ से खंभे को पकड़ा हुआ था। मां जंगल से बेर लाई थी। दो बेर बच्चे के हाथ में थमा दिए। खंबे की मोटाई कुछ अधिक थी। बच्चा उसे छोड़ना नहीं चाहता था। बेर खाए तो कैसे खाए। वह रोने लगा। बच्चे की उसी स्थिति में खाने की जिद लग गई थी।"

"मां झाड़ू, लगाकर लौटी तो उसे रोते देखा। उसने समझा, उसके हाथ किसी भूत ने पकड़ लिए हैं। वह दौड़ी दौड़ी ओझा के पास गई। उसने हाथ छुड़ाने के दो तरीके बताए। बच्चे के हाथ काटे जाएं अथवा छप्पर को उतारा जाए, तब खंभे को हटा कर हाथ छुड़ाए जाएं।"

"लड़के के पिता ने कहा—महाराज, हम गरीब आदमी हैं। छप्पर टूट जाएगा तो दूसरा कैसे बंधेगा।

"लाल बुझक्कड़ ने कुल्हाड़ा लाने का आदेश दिया। एक आदमी कुल्हाड़े से उसका हाथ काटने ही वाला था कि अचानक एक शिक्षित बालिका आ गई। वह किसी के

यहां मेहमान बनकर आई थी। उसने लड़के से बड़े प्यार से बेर मांगा। लड़का उसे देकर अलग खड़ा हो गया। उसके हाथ अपने आप छूट गए।

"इस पर लाल बुझक्कड़ गर्म हो गया और शाप देकर कहने लगा कि वह बालक छह महीने में मर जाएगा।"

"बालिका समझदार थी। उसने सब गांव वालों को समझाया कि वे अज्ञान में फंसे हुए हैं। अगर वह हाथ कट जाने से मर जाता तो तुम क्या करते? यह तो छह महीने के बजाए आज ही इसे मार रहा था। अच्छा होगा, ऐसा ओझा इस गांव में न रहे।"

"गांव के लोगों पर जादू-सा असर हुआ। वे बालिका की भूरि-भूरि प्रशंसा करने लगे।"

गायत्री खड़ी हो गई। वह जोर से बोली, "हम सब बच्चे गांव चलेंगे। वहां का अज्ञान दूर करेंगे। जय जवान जय किसान।"

मैं भी झूठा तू भी झूठा

रविवार का दिन। चांदनी चौक की पेंठ। रंग-बिरंगी दुकानें लगी हैं। कहीं तरह-तरह के खिलौने टंगे हैं तो कोई रेडीमेड कपड़ों की बोली बोल रहा है। स्त्री-पुरुष-बच्चे अपनी मनपसंद चीजें खरीद रहे हैं। वेद और गायत्री भी आज अपने मां-बाप के साथ पहुंच गए थे। वे बड़े खुश थे। वेद ने एक बंदूक खरीदी तो गायत्री ने छोटी रिवाल्वर।

"मैं इस बंदूक से ही अपने देश की रक्षा करूंगा।" वेद कुछ नाटक-सा करने लगा।

"और मैं इस रिवाल्वर से अपने घर की रक्षा करूंगी। मेरे घर में जो भेदिए घुस आए हैं उनका सफाया करूंगी।" गायत्री ने कहा।

माता-पिता खुशी से अपने बच्चों की देशभक्ति की बातें सुन रहे थे।

अचानक एक शोर सुनाई पड़ा। दोनों बच्चे उधर जाने की जिद करने लगे। आखिर उनकी जिद मान ली गई। एक अजीब दृश्य था–

'तुम झूठे', 'तुम्हारा बाप झूठा', 'मैं कभी कम नहीं नापता', 'मैं कभी झूठ नहीं बोलता', 'तो मैं झूठ बोल रहा हूं!', 'सरासर', 'झूठ', 'बेवकूफ', 'जाहिल।'

गायत्री और वेद के पल्ले कुछ नहीं पड़ा। वे इस संवाद को सुन ही रहे थे कि बजाज ने अपना मीटर उठाया। उधर ग्राहक ने अपना जूता निकाला। दोनों लड़ने को तैयार हो गए। बड़ी मुश्किल से लोगों ने बीच-बचाव किया।

इस बीच एक सामाजिक कार्यकर्ता भी वहां पहुंच गए थे। उन्होंने दोनों पक्षों से कुछ सवाल पूछे।

बजाज बोला, "मैंने इस कपड़े के दाम तीन रुपए मीटर कहे थे। इसने कुछ कम करने को कहा तो मैंने पच्चीस पैसे कम कर दिए लेकिन यह उस पर भी नहीं

माना और सिर्फ डेढ़ रुपया ही कहता रहा।"

कार्यकर्त्ता ने ग्राहक से पूछा–

"क्या यह सही है?"

ग्राहक बोला, "लेकिन इसने यह नहीं बताया कि यह मेरी हर बात पर पच्चीस पैसे कम करता गया। और आखिर में तीन रुपए का माल डेढ़ रुपए मीटर देने को तैयार हो गया। अब आप ही बताइए, यह झूठा है या मैं।"

दुकानदार ने विरोध किया, "लेकिन क्या तुमने मेरी बात पर विश्वास किया? एक दाम कहता, तो भी तुम नहीं मानते। क्या तुम सच्चे हो।"

गायत्री चुपचाप खड़ी सुन रही थी। कहने लगी, "ग्राहक झूठा है।" और वेद ने कहा, "नहीं, बजाज झूठा है।" दोनों बच्चे आपस में बहस करने लगे।

और इतने में भीड़ तितर-बितर हो गई। गायत्री और वेद ने अपने घर की ओर चल पड़े।

ऐसा निभेगा कब तक?
जब तक निभे तब तक!

पुरानी बात है। गुरुकुल की जयंती थी। दूर-दूर के उपदेशक, भजनीक, कथावाचक, साधु-संन्यासी उत्सव में शामिल हुए थे। यज्ञवेदी बड़े अच्छे ढंग से सजाई गई थी। पंडाल में झंड़ियां तथा वेदमंत्रों के पट लहरा रहे थे। सामने मैदान में ओ३म् ध्वज हवा में फर-फर उड़ रहा था।

बच्चों ने प्रार्थना-मंत्र बोले।

स्वस्तिवाचन, शांतिप्रकरण, संध्या तथा हवनमंत्रों को जिन्होंने कंठस्थ कर लिया था, उन्हें इनाम बांटे जा रहे थे।

धार्मिक पुस्तकों की दुकानें जगह-जगह सजी हुई थीं।

गांव के लोग बड़ी संख्या में इकट्ठे हुए थे। लगता था, जैसे हरिद्वार की इस पुण्यस्थली पर एक जनगंगा ठाठें

मार रही है। चारों ओर धर्मप्रेमी समाज। बच्चों के हाथों में ओ३म् के बिल्ले थे तो बड़े कोई-न-कोई धर्म-पुस्तक लिए हुए थे। सभी टैंटों में भीड़-भाड़ थी।

आज महाविद्यालय की यज्ञशाला में एक राजनेता पधारे थे। कुलपति ने उनसे वर्तमान राजनीति के बारे में कुछ बोलने के लिए प्रार्थना की तो नेता जी बोले—

"धर्मप्रेमी भद्रपुरुषो, महिलाओ तथा बच्चो, आपने सुना होगा कि जैसा राजा होता है वैसी ही प्रजा होती है। आज भी यह बात ठीक वैसे ही खरी उतरती है जैसे आज से पांच हजार वर्ष पहले। यहां बच्चे काफी संख्या में बैठे हैं इसलिए मुझे एक कहानी याद आ गई है।"

"कहानी यज्ञशाला में!" गायत्री धीमे स्वर में बोली।

"चुप-चुप-चुप....। पिताजी नाराज हो जाएंगे। फिर कभी अपने साथ नहीं लाएंगे।" वेद ने उसके कान में धीरे से कहा।

वक्ता ने कहानी शुरू की–

"एक था राजा। बिल्कुल बुद्धू और मूर्ख। उसके दरबार में सब खुशामदी थे। एक बार कोई गरीब ब्राह्मण रोजी की तलाश में भटक रहा था। किसी ने उसे कहा कि वह राजा के पास जाकर प्रार्थना करे, तो जरूर काम मिल जाएगा।

"ब्राह्मण ने पहले मंत्री से भेंट की। उसने कहा–पंडित जी, बिना लिए-दिए नौकरी नहीं मिलती। कुछ पास है?

"नहीं महाराज, अभी तो कुछ नहीं है। नौकरी दिला दो तो आधी तनख्वाह आपकी।–ब्राह्मण ने कहा।

"अच्छा, मंजूर है। लेकिन जैसा मैं कहूं वैसा ही करना। नहीं तो तुम्हारी खैर नहीं।–मंत्री ने धमकी दी।

"ब्राह्मण को नौकरी मिल गई। मंत्री ने उसे सौ रुपए नकद भी दिला दिए। वह पैसे लेकर अभी चला ही था कि कोषाध्यक्ष ने टोका–पंडित जी, ऐसे ही कहां लिए जा रहे

हो? हमारा हक देते जाओ।

"ब्राह्मण हक्का-बक्का देखने लगा। कोषाध्यक्ष फिर बोला—दस से कम की बात नहीं होती।

"आखिरी दस रुपए उसे देने पड़े।

"वह आगे दो कदम ही चला था कि मंत्री का नौकर मिल गया—भाई साहब, इधर भी—नौकर ने कहा। वह पांच से कम में नहीं माना। उससे छुट्टी हुई थी कि दो सिपाही आ धमके—लाइए हमारा भी हिस्सा।—और बेचारे को बीस रुपए उन्हें देने पड़े।"

"वह राजभवन को छोड़कर बाहर निकला ही था कि मंत्री का संदेशा मिला कि वह उनसे जाकर मिले। मंत्री ने अपना हिस्सा मांगा तो उसने सारी बात कह सुनाई। आखिर बचे-खुचे में से आधा हिस्सा देना पड़ा।

"मंत्री ने इस प्रकार कई पंडित और मूंडे। सबको गंगा जी के किनारे बिठा कर राजा का जप करने को कहा।

लेकिन वहां जप के स्थान पर अजीब तरह के 'मंतर' सुनने को मिल रहे थे। कुछ इस तरह थे–

"मैं राजा का जप करूं। मैं राजा का जप करूं।

"एक कह रहा था–

"तू करे सो मैं करूं, तू करे सो मैं करूं।

"दूसरा कह रहा था–

"ऐसा निभेगा कब तक? ऐसा निभेगा कब तक?

"तीसरे के मुंह से आवाज आ रही थी–

"जब तक निभेगा तब तक, जब तक निभेगा तब तक।"

उपस्थित बच्चे खिलखिलाकर हंस पड़े। वेद को आज बहुत ज्यादा हंसी आ रही थी। गायत्री हंसी जरूर, लेकिन किसी प्रश्नसूचक मुद्रा में।

नेता फिर बोले, "लेकिन बच्चो, इसमें हंसने की इतनी बात नहीं जितनी शर्म की है। वास्तव में, आज भी हम इसी प्रकार की परिस्थितियों से गुजर रहे हैं। चारों

तरफ रिश्वत का बोलबाला है। खुशामदियों की दुनिया है और उन्हीं का राज है।"

"लेकिन ऐसा निभेगा कब तक?" गायत्री ने उठकर प्रश्न किया।

"जब तक निभेगा तब तक।" वेद ने उनकी बात दोहराई। यज्ञशाला में बैठे सभी लोग ऊपरी हंसी नहीं रोक सके। लेकिन नेता जी गंभीर होकर बोले, "नहीं बेटे, ऐसा नहीं है। गायत्री ठीक कहती है। ऐसा अधिक समय तक निभने वाला नहीं है। एक दिन ऐसा जरूर आएगा जब लालफीताशाही में फंसी जनता अपने आप आंदोलन करेगी। उसे अपने अधिकार का ज्ञान होगा। वह अपना रास्ता स्वयं ढूंढ़ेगी और तब इस देश की गरीबी की समस्या हल होगी। बेरोजगारी का अंत होगा। लेकिन हमें अपने अधिकार मांगने से पहले अपने कर्त्तव्यों को भी निभाना होगा। तब सच्चे रामराज्य की कल्पना साकार हो उठेगी।"

हर माल मिलेगा दो रुपया

"रसमलाई क्या किलो है?"

"दो रुपए।"

"जलेबी?"

"दो रुपए।"

"कलाकंद?"

"दो रुपए।"

"रसगुल्ला?"

"दो रुपए।"

"दूध का भाव?"

"दो रुपए।"

"बेसन के लड्डू?"

"दो रुपए।"

"सब दो रुपए किलो। अजीब नगरी है। हर चीज का

भाव दो रुपए। अरे-रे, यह क्या, यह कपड़ा भी दो रुपए किलो। भला कोई कपड़ा भी तोलकर बेचता है। सोना, लोहा, तांबा, खाद, चावल, गेहूं, तंबाकू सब धान बावन पंसेरी। कमाल है भाई। यहां तो गधे-घोड़े सब बराबर हैं। लगता है—सही साम्यवाद यहीं पर है।" गुरुजी अपने चेले से दिल की बात कहने लगे तो चेला बोला—

"महाराज मेरे मुंह में तो पानी आ रहा है। इससे अच्छा शहर कहां मिलेगा, जहां पर चीज का भाव दो रुपए किलो। अच्छा, तो पहले रसमलाई हो जाए।"

"शाबाश बच्चा, तू असली मां का लाल है। मेरे मन की बात कह रहा है। आओ, इस दुकान पर चलें।" गुरु घंटाल बोले।"

"लेकिन अभी कलाकंद की जगह जरूर रखना गुरुजी।" चेले ने गुरु का हाथ पकड़ा।

"अबे, सारी उमर में इतनी सस्ती रसमलाई मिली है?

आज तो इससे ही पेट भरना है।" गुरु ने एक बार में प्लेट की प्लेट साफ कर दी।

गुरु-चेले दोनों ने दो रुपए महीने में एक मकान किराए पर लिया। हालांकि कभी-कभी दो रुपए में उन्हें कई चीजें महंगी भी पड़तीं, लेकिन खाने-पीने में मजा ही मजा था। दोनों फूलकर कुप्पा बन गए। चर्बी इतनी बढ़ी कि उनका चलना मुश्किल होने लगा।

चारों तरफ एक ही शब्द सुनाई पड़ता था-

हर माल मिलेगा दो रुपए
हर माल लुटेगा दो रुपए
दो रूपए दो रुपए
एक किलो दो रुपए

समय बड़ी तेज रफ्तार से बढ़ता है लेकिन शायद इस नगरी में दो रुपए किलो के भाव से ही वक्त गुजरता था। और तो और, बच्चों की किताबें भी दो रुपए किलो के

भाव बिकती थीं। लेकिन गुरु-चेला किताबों के भूखे थोड़े ही थे। उन्हें तो कलाकंद, बर्फी, सोहन हलवा और रसमलाई से ही ज्यादा प्यार था।

"संस्कृत के पीरियड में सोहन हलवा और बर्फी।" कक्षा के सब बच्चों के मुंह में पानी आ गया था।

वेद की लार टपक रही थी।

दूसरी कक्षा के कुछ छात्रों ने जब सुना कि संस्कृत अध्यापक मजेदार कहानी सुना रहे हैं तो वे पीछे की बेंचों पर आकर बैठ गए।

गायत्री भी चुपके से एक कोने में आकर जम गई थी।

"शास्त्री जी, उस नगरी में हम नहीं जा सकते?" वेद यह सवाल कर ही रहा था कि कई बच्चे एक स्वर में बोल उठे-

"शास्त्री जी, रसमलाई, रसगुल्ले।"

"सोहन हलवा, कलाकंद।"

सारी कक्षा कहकहे लगा रही थी।

"अरे भाई, अभी इस कहानी का दूसरा हिस्सा भी तो सुन लो। मैं आज ही तुम्हें उस नगरी में लिए चलता हूं, लेकिन जल्दबाजी अच्छी नहीं। थोड़ा ठहरो। अगली किस्त शुरू करता हूं।" शास्त्री जी ने छात्रों की जिज्ञासा को शांत करते हुए कहना शुरू किया–

"एक दिन राजमहल में चोरी हो गई। सिपाही इधर-उधर भागे, लेकिन चोर नहीं पकड़ा गया।

"सब परेशान थे। राजा का हुक्म था, जैसे भी हो, चोर को पकड़कर लाया जाए। चारों तरफ लोग दौड़ रहे थे। घुड़सवार भी। लेकिन कुछ पता नहीं लगा।"

"सामने हलवाई की दुकान थी। दो मोटे-ताजे आदमी बैठे थे। सिपाही उनकी तरफ बढ़े। गुरु-चेले ने भरपेट मिठाई खाई थी। सिपाहियों ने उन्हें पकड़ लिया।"

"पर हम चोर तो नहीं हैं।"–गुरु ने कहा।

"चोर, नहीं, चोर के भाई होंगे।"

"नहीं-नहीं, हम चोर नहीं, बिल्कुल नहीं।"–चेले ने कहा। "अरे, चोर पूरे नहीं तो थोड़े-थोड़े होगे। थाने में चलोगे तो पूरे हो जाओगे। दूसरा सिपाही हथकड़ी डालता हुआ बोला।"

"दोनों को थाने ले जाया गया। थानेदार ने उनकी अच्छी तरह खबर ली।"

"राजा का दरबार ही उन दिनों न्यायालय था। उस दिन राजा की तबीयत कुछ नाशाद थी। किसी ने पहले दिन बैंगन की तारीफ की थी। दो रुपए किलो बैंगन राजा की तरह मुकुटधारी थे। सारे परिवार ने खूब मजे से बैंगन खाए थे। राजा जरा ज्यादा ही खा गया था। इसलिए आज उसे दस्त लग गए थे। जिन लोगों ने कल बैंगनों की तारीफ की थी वे ही आज उन्हें हानिकारक बता रहे थे–इसलिए तो उनका नाम बेगुन है महाराज।–मंत्री जी ने कहा।

"हां-हां, उनमें कोई गुन है ही नहीं।–चारों ओर से एक साथ आवाज आई।"

"इसी बीच गुरु-चेले को वहां लाया गया। लेकिन दोनों ने अपनी भाषा में कुछ कानाफूसी की। बचने की तरकीब निकालो।"

"मंत्री बोला–महाराज, दोनों चोर पकड़ लिए गए हैं। आप उन्हें उचित सजा दीजिए।"

"राजा ने कहा–इस दरबार में हर जुर्म की सजा है सूली–सजा ए मौत।"

"मौत भी एक ही भाव–गुरु चिल्लाया।"

"जी गुरुजी। चलिए, साथ-साथ मरेंगे।–चेले ने कहा।

"दोनों सूली की तरफ चले। लेकिन वहां जाते ही दोनों ने एक-दूसरे से कुश्ती करना शुरू कर दिया।

"गुरु कहता–पहले मैं चढ़ूंगा।

"चेला कहता–नहीं, पहले मैं सूली पर चढ़ूंगा।

"गुरु—तुम मेरा अधिकार छीन रहे हो।

"चेला—आप मुझे कर्त्तव्य से रोक रहे हैं।

"राजा ने कहा—भाई, क्यों लड़ रहे हो?

"गुरु ने नाटक करते हुए कहा—महाराज, आज उत्तरायण का शुक्ल पक्ष शुरू हो रहा है। इसलिए जो भी पहले मरेगा सीधा स्वर्ग लोक पहुंचेगा। वह देखो, स्वर्ग से देवदूत इधर आ रहे हैं। जल्दी करने में ही भला है।

"गुरु सूली की तरफ भागा तो चेला उसका पांव पकड़कर बैठ गया।

"राजा स्वर्ग के नाम से लालच में पड़ गया। उसने कहा—चोर के बच्चो, भाग जाओ। मैं तुम्हें स्वर्ग नहीं जाने दूंगा। मैं ही सूली पर चढ़ता हूं।

"और राजा सचमुच सूली पर चढ़ गया। वह स्वर्गलोक पहुंचा या नरकलोक, लेकिन दो रुपए के भाव में वह भी मारा गया। चेला और गुरु नगरी छोड़कर अपने देश वापिस

चले गए।"

"लेकिन शास्त्री जी, आपने राजा का नाम तो बताया ही नहीं।" गायत्री ने प्रश्न किया।

"राजा का नाम था गवर्गंड तथा नगरी थी–अंधेरपुरी।" शास्त्री जी ने कहा।

"लेकिन यह कहानी तो हमने कहीं और भी पढ़ी है।" वेद बोला।

शास्त्री जी बोले, "बच्चो, तुमने संस्कृत तथा वेद के महान् विद्वान् स्वामी दयानंद का नाम अवश्य सुना होगा। उन्होंने जहां भारतीय समाज में अज्ञान के विरुद्ध आवाज उठाई, वहां अच्छी शिक्षा पर भी जोर दिया। बच्चे किस प्रकार के व्यवहार से आगे बढ़ सकते हैं। यह बात सब उन्होंने अपनी 'व्यवहारभानु', पुस्तक में लिखी है।"

"हां-हां, यह कहानी मैंने भी 'व्यवहारभानु' में ही पढ़ी थी।" गायत्री ने अपनी सहेली को बताया।

डीबेट का इनाम

विद्यालय का वार्षिक उत्सव था। तात्कालिक भाषण का कार्यक्रम भी रखा गया। वेद और गायत्री ने अपने-अपने नाम दिए। संयोग से गायत्री को 'कन्याओं के विद्याध्ययन' पर बोलने के लिए चिट मिली।

गायत्री को हुड़दंगे की कहानी याद थी। वह उसने अपने भाषण में पूरी की पूरी दोहरा दी। अंत में उसने कहा :

"बहनो और भाइयों, तो आओ, आज हम शपथ लें, प्रण करें कि आज से हम विद्याध्ययन में आलस्य नहीं करेंगे, खूब मेहनत करेंगे और बड़े होकर मेहनत की रोटी खाएंगे। गुरु और चेले की तरह दो रुपए वाली रसमलाई के चक्कर में नही पड़ेंगे। समाज की सेवा करेंगे, अंधों को रास्ता दिखाएंगे और देश से अज्ञान दूर करने का यत्न करेंगे। भारत के सच्चे नागरिक बनेंगे।"

तालियों की गड़गड़ाहट के बीच गायत्री ने अपना भाषण पूरा किया।

वेद की बारी आई। उसने इस बीच कई अच्छी पुस्तकें पढ़ ली थीं। उसे अब 'माया देश', 'दीवाना' या 'परियों की कहानियां' अच्छी नहीं लगती थीं। वह प्राचीन ग्रंथों, धर्मशास्त्रों के अतिरिक्त आधुनिक ज्ञान-विज्ञान की अनेक पुस्तकें भी पढ़ गया था।

उसे राकेट, स्पुतनिक, अंतरिक्ष यात्रा आदि के बारे में भी पर्याप्त ज्ञान हो गया था।

अपने भाषण में उसने सब बातों को दोहराया। उसका विषय था–'आदिम युग से अंतरिक्ष युग तक।'

"भारत को आज जहां ज्ञान-विज्ञान की जरूरत है, वहां विश्व-शांति के लिए प्रचार की भी। लेकिन हमें पहले शक्तिशाली बनना है। तन-मन-धन से अपनी ताकत बढ़ानी है। बलवान के सभी मित्र बन जाते हैं, किंतु

कमजोर को ही दबाया जाता है। इसलिए उसकी कोई सहायता तक नहीं करता। हमारा नारा अब यह होगा। साथियो, मेरे साथ मिलकर बोलो–

"हम सब बच्चे बलवान बनेंगे, हम भारत मां की शान बनेंगे।"

सब बच्चे एक स्वर में बोले।

वेद मंच से नीचे उतरा तो उसके प्रधान अध्यापक ने पीठ थपथपाई। तालियां अभी तक बज रही थीं।

निर्णायकों ने गायत्री को लड़कियों के वर्ग में प्रथम घोषित किया। वेद लड़कों के समूह में प्रथम आया।

दोनों को गीता और व्यवहारभानु की एक-एक प्रति तथा ग्लोब इनाम में दिया गया।

पीछे रमा और उनके पति खड़े मुस्करा रहे थे। सचमुच उनके बच्चे अच्छे बच्चे बन गए थे।

●●●

www.ingramcontent.com/pod-product-compliance
Lightning Source LLC
LaVergne TN
LVHW082052051026
849532LV00011B/3572
* 9 7 8 8 1 8 8 9 9 5 4 9 3 *